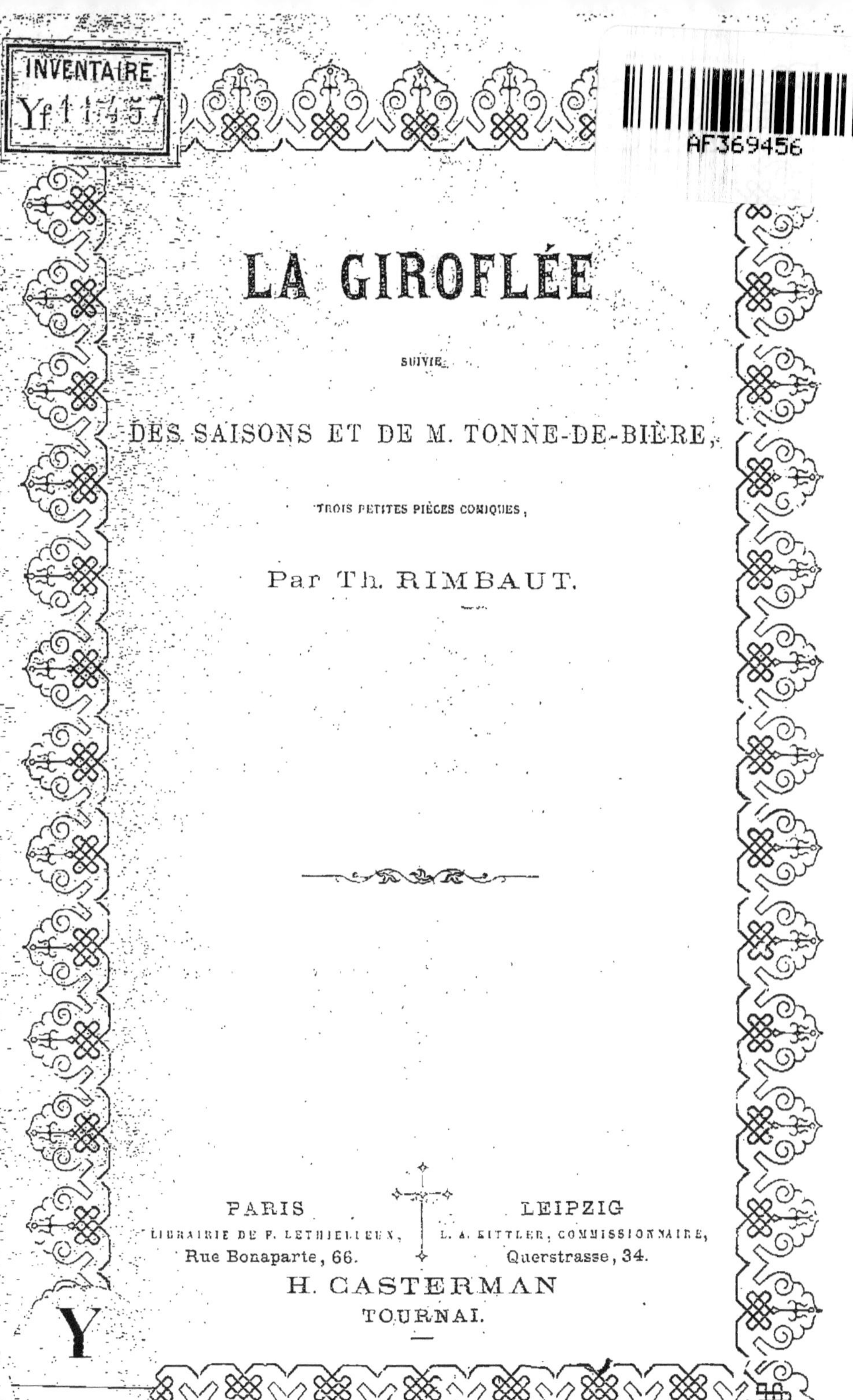

LA GIROFLÉE

SUIVIE

DES SAISONS ET DE M. TONNE-DE-BIÈRE,

TROIS PETITES PIÈCES COMIQUES,

Par Th. RIMBAUT.

PARIS   LEIPZIG
LIBRAIRIE DE P. LETHIELLEUX,   L. A. KITTLER, COMMISSIONNAIRE,
Rue Bonaparte, 66.   Querstrasse, 34.

H. CASTERMAN
TOURNAI.

LA GIROFLÉE.

OEUVRES DRAMATIQUES DE Th. RIMBAUT.

Sa Majesté le roi des Belges a daigné agréer la dédicace des OEuvres dramatiques-classiques de M. RIMBAUT, instituteur à Marquain.

1re SÉRIE. — POUR LES JEUNES GENS.

Aveugle (l') drame en 5 actes, en vers; 12 personnages.

Chasse (la) **au sorcier**, comédie en 3 actes, en prose; 12 personnages.

Deux piger (les), comédie en 3 actes, en vers; 15 personnages.

Education (l') **au village**, comédie-vaudeville en 3 actes, en prose; 8 personnages.

Fermier (le) **communiste**, comédie en 3 actes, en vers; 10 personnages.

Enfant désobéissant (l'), comédie en 1 acte, en prose; 11 personnages.

Politesse (la) **en action**, drame en 3 actes, en vers; 11 personnages.

Une heure de récréation au pensionnat, comédie en un acte, en prose, mêlée de chant; 11 personnages.

Couronne (la) **de joie**, plaidoyer dramatique, suivi de **Jésus et les enfants**, cantate.

Le méchant espiègle, épisode du retour de Crimée, comédie en 3 actes, en prose; 11 personnages.

Jean de la Fontaine, comédie en 2 actes et en prose; 7 personnages.

2me SÉRIE. — POUR LES JEUNES PERSONNES.

Ecole (l') **de la piété filiale**, drame en 3 actes, en vers; 8 personnages.

Deux couronnes (les), drame en 2 actes.

Menteuse (la), comédie-vaudeville en un acte; 14 personnages.

Education (l') **des demoiselles**, conversation, 7 personnages; suivie de **Cantates** pour fêtes et distributions de prix.

Portrait (le) **et la caricature ou les deux éducations**, comédie-vaudeville en un acte, en vers libres; 8 personnages.

Enfants (les) **détrompés à leur entrée dans le monde**, dialogue en vers; 6 personnages.

Les bavardes punies, petite comédie en 1 acte, en prose, 10 personn., suivie de la **fille de Jephté**.

Madame de Maintenon, comédie en 2 actes, en prose; 12 personnages.

Le style épistolaire ou le prix de vertu, comédie didactique.

3me SÉRIE.

André Vésale, comédie en 2 actes et en prose; 12 personnages.

Le style épistolaire ou les bons soldats, comédie didactique en 1 acte; 10 personnages.

Giroflée (la), petit drame en 1 acte; 8 personnages.

Grétry, comédie en deux actes; 13 personnages.

Rubens, comédie en 1 acte; 15 personnages.

DIALOGUES.

La petite foire. Dialogue sur le système métrique.

L'analyse en action. Dialogue sur l'analyse.

A laver un nègre on perd son savon. Dialogue sur la grammaire.

Le nouveau Valentin Duval. Dialogue sur la géographie.

Une partie au jeu d'histoire sainte. (Dialogue.)

LE LINGOT D'OR. Anecdotes, fables, contes, suivis de quatrains qui le résument et formant un **COURS DE MORALE CHRÉTIENNE**; dédié à la jeunesse des écoles. Gr. in-18, viii-316 p.

En cours de publication dans le Journal de l'enseignement primaire et dans le Progrès:

1o **Etudes pédagogiques et littéraires**, 150 p., in-8.

2o **Une leçon d'histoire** pour chaque règle de la grammaire.

3o **Dessin linéaire**, publié dans le Messager des écoles.

4o **De nombreux morceaux de musique vocale**, chansons, romances, chœurs.

C.

LA GIROFLÉE

SUIVIE

DES SAISONS ET DE M. TONNE-DE-BIÈRE,

TROIS PETITES PIÈCES COMIQUES,

Par Th. RIMBAUT.

PARIS

LEIPZIG

LIBRAIRIE DE P. LETHIELLEUX,
Rue Bonaparte, 66.

L. A. KITTLER, COMMISSIONNAIRE,
Querstrasse, 34.

H. CASTERMAN
TOURNAI.
1863

PERSONNAGES.

M. PRUDENT, fermier.

HECTOR, fils de M. Prudent.

JOSEPH, ami d'Hector.

DELPHIN, père de Joseph.

LUCAS,
PIERROT, } compagnons de classe d'Hector et de Joseph.
JACQUOT,

BAPTISTE, domestique chez M. Prudent.

Une troupe d'écoliers.

ÉPITRE DÉDICATOIRE.

A MONSIEUR LEURIDAN,

BOURGMESTRE DE MARQUAIN.

Depuis dix-huit ans, nous n'avons pas cessé d'être bons amis, et toujours vous vous êtes montré, avec le collége échevinal, disposé à soutenir, à encourager l'instruction de la jeunesse, tant sous la présidence de M. Requillart à qui vous avez succédé, que depuis que vous-même avez mérité d'être placé à la tête de notre bonne et belle commune. Je n'ai manqué aucune occasion de vous en témoigner ma reconnaissance, non plus qu'à Messieurs les Echevins, et je viens vous prier d'agréer la dédicace de ce petit drame, comme une nouvelle preuve de ma gratitude. J'ai eu le plaisir de donner des soins à l'éducation de vos petits-fils, et, dans ces pages, j'offre à votre jeune Hector un modèle de son nom, dont chacun se plaît à croire qu'il suivra le louable exemple. C'est à quoi tendront les efforts de votre dévoué,

Tʜ. RIMBAUT.

ANALYSE.

J'oppose ici le contraste d'un groupe d'écoliers qui ne se plaisent qu'à
nuire, à suivre leurs penchants vicieux, à deux jeunes élèves bien aimables, qui pratiquent l'un envers l'autre et envers tous les devoirs de
la bienveillance et de la charité. En quelques scènes, on reconnaît les
divers caractères, et les actions des personnages les mènent à des
buts différents : les petits polissons se trouvent emprisonnés, et les deux
bons amis, dont l'un, Hector, a consacré toutes ses récréations à visiter
son compagnon malade, se témoignent, par des démonstrations de reconnaissance, les sentiments qu'ils éprouvent l'un pour l'autre, ce qui
fait dire au père de l'un des deux que, celui qui sème du vent récolte
des tempêtes, tandis que celui qui sème la bienfaisance récolte des
fleurs immortelles.

C'est, avec une action différente, la fable de Florian *le Miroir*, finis-
sant par ces mots : « *Le bien, le mal, nous sont rendus.* » La girofIée est
ici l'une des marques de la reconnaissance du jeune Joseph à son camarade Hector ; elle joue son rôle sur la scène.

LA GIROFLÉE.

La scène se passe à la porte de la ferme de M. Prudent, donnant sur le jardin.

SCÈNE PREMIÈRE.

M. PRUDENT, BAPTISTE.

M. Prudent. Dis donc, Baptiste, n'as-tu pas vu Hector, ce matin ?

Baptiste. Oui, Mossié, je l'ai vu qui s'en allais il me semble du côté de la maison de la mère Maurice.

M. Prudent. Qu'allait-il faire par là ?

Baptiste. Mossié. Je n'en sais rien, j'ai seulemens aperçu qu'il avait une pièce blanche dans sa main, et qu'il la regardait avec intention de la dépenser.

M. Prudent. Quoi, lui toujours si sage, il pourrait n'avoir ainsi rien de plus pressé que d'aller le matin dépenser son argent en friandises ! Ne te trompes-tu pas ?

Baptiste. Mossié, je ne dit pas qu'Hector n'est pas le plus gentine petit garçon du village, mais il est certain que je ne me trompe pas.

M. Prudent. Nous verrons bien à son retour, car il ne cache jamais ses actions. Ne serait-il pas allé chez son ami Joseph ?

Baptiste. Non, Mossié ; d'ailleurs, Joseph est guéri tout à fait, et probablement que tout à l'heure il passeras ici pour aller en classe avec Mossiés Hector.

M. Prudent. Tant mieux ! Le bon Delphin doit être bien content de la guérison de son fils ?

Baptiste. Ah ! Mossié, on peut le dire ! Aussi, Joseph est un bon petit garçon ; c'est dommage que sa mamère est morte !...

M. Prudent. Oui, c'était une brave femme qui l'aurait bien élevé ; Joseph a beaucoup perdu par la perte de sa mère.

Baptiste. Delphin me disais un jour passé sur la fin de la maladie de Joseph, qu'Hector l'avait à moitié guéri par ses bonnes visites et par tout ce qu'il lui portait de chez vous avec votre permission.

M. Prudent. Ah, Delphin disait cela ? Ce sont des paroles qui me réjouissent beaucoup.

Baptiste. Delphin, c'est un brave homme, et son garçon li ressemblera.

M. Prudent. Bon arbre porte bon fruit.

Baptiste. C'est tout comme que vous dites.

M. Prudent. Va faire un tour, Baptiste, du côté de la maison de la mère Maurice ; tu me diras, à ton retour, ce que tu auras vu concernant mon Hector.

Baptiste. Tout à la minute, Mossié. (*Il s'en va*).

SCÈNE II.

M. PRUDENT, *seul*.

Quoique la conduite d'Hector soit toujours excellente, et que ses actions soient souvent produites par de bons mouvements, il faut néanmoins que je sache, à toute minute d'un jour, ce qu'il fait, pour réprimer ce qu'il pourrait accomplir de répréhensible... (*Considérant un petit carré dans le jardin.*) Oh oh !... Voici les dix mètres carrés de jardin que j'avais accordés à mon Hector, bien mieux entretenus qu'ils ne l'étaient hier ; il a donc fait bien de l'ouvrage en peu d'heures, et son amour de la culture lui est revenu bien subitement ! Il l'avait tout à fait oublié pour rendre ses visites à Joseph.

SCÈNE III.

M. PRUDENT, LUCAS, PIERROT, JACQUOT.

Lucas. Au secours, monsieur Prudent ! La mère Maurice a envoyé son chien me mordre ; il m'a pris la jambe et a déchiré mon pantalon.

M. Prudent. Pourquoi a-t-elle envoyé son chien contre vous ?

Lucas. Monsieur, c'est parce que nous passions devant sa maison sans entrer pour acheter pour quelques liards de fruits.

M. Prudent. Cela n'a pas trop l'air d'être vrai.

Pierrot. Oh, monsieur, c'est la vérité.

Jacquot. Elle nous appelle pour acheter, et quand nous n'entrons pas, elle lance son Azor à nos trousses.

M. Prudent. Cela serait très-mal de sa part ; mais si vous mentez pour accuser la mère Maurice, je dirai que vous êtes les plus vilains polissons du monde.

Jacquot. Vous pouvez prendre des informations, monsieur.

M. Prudent. J'aurai soin de le faire. En attendant, je vous laisse.

SCÈNE IV.

JACQUOT, PIERROT, LUCAS.

Lucas. Il a l'air de nous voir de mauvais œil.

Jacquot. Il ne nous a pas seulement invités à attendre son fils pour aller ensemble à l'école.

Pierrot. C'est bien certainement lui qui défend à Hector de jouer avec nous et de nous inviter chez lui.

Lucas. Sinon pour les fraises et les cerises de son jardin, qu'importe de jouer avec Hector ? Avec lui, nous ne pouvons jamais rien faire de plaisant.

Jacquot. C'est un petit saint.

Pierrot. Il ne se plaît qu'auprès de son cher ami Joseph.

Jacquot. C'est le petit médecin, le petit garde-malade.

Lucas. Je ne serai jamais si sot, moi, de perdre comme lui mes récréations.

Jacquot. Non, tu aimes mieux perdre tes mollets et tes pantalons. Que dira ta mère en te voyant tout déguenillé ?

Lucas. Rien du tout !... Tu verras, je vas pleurer, je vas dire que c'est la mère Maurice qui lui en veut, et qu'elle l'a traitée de boiteuse.

Pierrot. C'est cela.

Lucas. Alors, ma mère, au lieu de se fâcher contre moi, se mettra en colère contre la mère Maurice.

Jacquot. Voilà une belle invention !

Lucas. Si l'on ne savait pas se tirer d'affaire, on serait battu tous les jours.

**

Pierrot. Regarde, quel beau jardin !

Jacquot. Entrons-y, la porte est ouverte.

Lucas. Bonne idée, personne ne nous regarde. Gare les fraises !

SCÈNE V.

JOSEPH, DELPHIN (*portant une giroflée dans un pot*).

Delphin. Il n'y a heureusement personne ici ; mais j'ai vu les trois petits mauvais sujets entrer dans le jardin.

Joseph. Mon père, que ferons-nous ?

Delphin. Nous ferons comme tu l'avais prémédité. Je vais poser la belle giroflée que le bon petit Hector regardait tous les jours avec tant de plaisir ; toi, tu te cacheras derrière quelque touffe de feuillage, et, quand Hector arrivera, tu sais ce que tu as à faire, car il ne manquera pas de voir la fleur ainsi que son petit jardin tout nouvellement planté et ratissé.

Joseph. Oh ! que j'aurai de joie s'il est bien content de ce que nous faisons pour le remercier !

Delphin. Je n'en aurai pas moins que toi.

Joseph. Et si Hector ne sortait pas ?

Delphin. Ecoute, je vais saluer monsieur Prudent, lui dire que tu es guéri, que tu vas passer pour prendre son fils ; je vais surtout le remercier de ce qu'il a laissé venir Hector tous les jours près de toi, et je saurai bien si ton bon ami doit sortir.

Joseph. Allez, cher père. (*Delphin entre chez M. Prudent*). Maintenant, je vais me cacher, et attendre le moment favorable.

SCÈNE VI.

BAPTISTE (*accourant*).

Baptiste. Ah, les trois petits coquins sont par ici !... Voyons, où sont-ils ? Je ne les aperçois pas... O la belle giroflée !... J'ai failli la renverser... Qu'elle est belle !... Mais d'où vient-elle donc ?.. Ah ! je devine.. je devine... Voyons s'ils ne sont pas au jardin...

SCÈNE VII.

LUCAS, PIERROT, JACQUOT.

(Les trois gamins, en rampant, traversent la haie à l'avant-scène).

Lucas. Me voilà sauvé !

Pierrot. Je ne suis pas pris !

Jacquot. Baptiste ne nous a pas vus du tout !

Pierrot. Tant mieux !

Lucas (montrant une nouvelle déchirure à son pantalon). Ma mère va joliment être en colère contre la mère Maurice, en raccommodant mon pantalon !

Pierrot. Oui, mais pourras-tu dire que le chien t'a happé si haut à la cuisse ?

Lucas. Je dirai qu'il m'a mordu pendant que j'étais tombé en m'enfuyant.

Jacquot. Silence ! voici Hector.

SCÈNE VIII.

LES MÊMES, HECTOR.

Hector. Oh oh ! vous êtes ici, vous autres ?

Pierrot. Nous venons vous chercher pour aller ensemble à l'école.

Hector. Il n'est pas encore l'heure.

Pierrot. Nous jouerons sur la route.

Hector. Je m'amuse très-bien ici jusqu'au dernier quart d'heure.

Jacquot. Tu veux dire que tu t'amuses chez ton cher ami Joseph ?

Hector. Là ou chez mon père, je me plais également bien.

Lucas. Tu es donc devenu médecin ?

Jacquot. Ou bien apothicaire ?

Pierrot. Ou bien garde-malade ?

Hector. Tout ce que vous voulez ; médecin, apothicaire, garde-malade, et, par-dessus tout, content de l'être ou de l'avoir été.

Lucas. Comment est-il possible de s'amuser si longtemps près d'un malade ?

Hector. Tu dis cela pour me railler ; mais je vais te répondre sans aigreur. Nous avons passé notre temps à découper des images, à construire des maisons de cartes, à dresser un autel pour dire la messe, et tout cela m'a occupé d'une manière d'autant plus agréable, que Joseph s'est guéri plus vite à cause des distractions que je lui ai portées.

Jacquot. J'aimerais mieux un autre que moi-même pour aller ainsi se sacrifier et perdre ses parties de plaisir.

Hector. Tu te trompes, je n'ai perdu aucune récréation ; je les ai toutes doublées par la joie de procurer de la satisfaction et de la santé à mon bon compagnon Joseph.

Lucas. Je crois que tu es fou, moi, de chercher à nous faire croire des choses pareilles.

Hector. Les fous, voyez-vous, sont ceux qui prennent plaisir à se faire mordre par les chiens, et qui, tous les jours, finissent les récréations par des pantalons déchirés, des yeux pochés et des membres écorchés.

Jacquot. Alors, tu es le plus sage, toi, jeune ermite, de t'enfermer auprès des malades, et de passer là de longues heures sans risque d'endommager tes habillements ni de disloquer tes membres !

Hector. Je ne me vante pas d'être le plus sage, mais le plus content ! Si tu devenais malade, toi, ne voudrais-tu pas bien qu'on allât te donner des distractions et te porter des remèdes ?

Jacquot. Moi, si j'étais malade, je m'amuserais bien tout seul.

Hector. C'est *je m'ennuierais bien* tout seul, vois-tu, qu'il fallait dire.

SCÈNE IX.

LES MÊMES, BAPTISTE.

Baptiste. Ah ah ! vous êtes ici, vous trois ? D'où venez-vous ?

Lucas. Nous allons à l'école.

Baptiste (prenant les devants sur eux). Avec un pantalon déchiré à deux places ?.

Lucas. C'est la mère Maurice qui a lancé contre moi son chien !

Baptiste. Oh ! je connais ta fable. Et ce trou à la haie ? qui vient de le faire ?

Lucas. Sais pas.

Baptiste. Moi je le sais, et je te tiens ! (*Il l'empoigne*).

Lucas. Voulez-vous me lâcher, grand vaurien !

Jacquot. Ce n'est pas lui, c'est Joseph qui a fait ce trou pour aller manger des fraises.

Baptiste. Joseph est malade.

Jacquot. Il va mieux !... Lâchez Lucas, ou je vous jette une brique à la tête !

SCÈNE X.

Delphin (saisissant Jacquot). Cherchez des briques bien grosses, mon ami.

M. Prudent (saisissant Pierrot). Et vous, délivrez vos deux camarades !...

Lucas. Je n'ai rien fait !

Pierrot. Je le dirai à mon père !... Vous vous en repentirez !...

Jacquot. Je me vengerai bien !... Vous verrez !...

M. Prudent. Nous allons attacher ces trois marmots dans la grange, nous les laisserons crier tant qu'ils voudront ; et vous, Baptiste, vous courrez avertir les parents des trois petits drôles, afin qu'ils viennent les réclamer s'ils le jugent bon. Moi, je veux les faire mettre de côté par la police afin de les corriger. Ces enfants seront la honte et la ruine de leurs familles !

Hector. Qu'ont-ils fait ?

Baptiste. Ils ont volé un franc à la mère Maurice, lui ont acheté chacun pour trois sous, et, au lieu de la payer, ils l'ont insultée, puis sont venus marauder les fruits du jardin.

Hector. Ah ! qu'ils sont méchants !

M. Prudent. A la grange, à la grange ! en attendant pire !...

(*Les trois polissons pleurent et se lamentent, mais on les emmène*).

Hector. Les voilà bien punis !... Je ne saurais les plaindre... mais je suis triste qu'ils soient si méchants !... Monsieur l'Instituteur va les renvoyer de l'école ; quel malheur pour eux !.. Hé ! quelle belle

giroflée vois-je là !... On dirait celle du père Delphin, que j'ai tant de
fois pris plaisir à flairer et à regarder. Qu'elle est jolie !... Et mon petit
jardin, voyez, voyez comme il est soudainement ratissé, replanté, bordé
de fleurs !... Je l'avais oublié pour aller consoler mon ami Joseph ;
quelle transformation !... Voici des anémones, voilà des fuchsias, des
marguerites et des immortelles !... Qui m'a planté toutes ces belles
choses ?... Oh! que je suis content !...

SCÈNE XI.

HECTOR, JOSEPH.

Joseph (*courant à son ami*). C'est mon père !

Hector. Quoi, ton père !...

Joseph. Oui, il est venu ce matin dès la troisième heure, et a planté
ces fleurs pour te remercier de tout ce que tu as fait pour moi durant
ma maladie ! Sans tes secours, sans ton amitié, je serais peut-être sur le
point de mourir, tandis que maintenant je suis entièrement guéri, à la
grande consolation de mon père !...

Hector. Quoi, c'est lui !... Je suis bien joyeux de ce que tu me dis
là... Et la giroflée ?

Joseph. La giroflée, j'ai vu qu'elle te plaisait, et, comme je n'ai rien
à moi qui puisse te témoigner ma reconnaissance, j'ai demandé à mon
père la permission de te l'offrir, et nous l'avons posée là en attendant
que tu voies les marques de notre amitié.

Hector. Ah ! que tu es un bon ami, et que je suis heureux que nous
soyons d'intimes compagnons !... (*Ils s'embrassent*).

SCÈNE XII.

M. PRUDENT, DELPHIN, HECTOR, JOSEPH.

M. Prudent (*montrant les enfants*). Quel plus doux spectacle pour un
père !

Delphin. Les bons fils sont la joie de la famille, et les mauvais en
sont la ruine.

M. Prudent (*à Hector.*) Dis-moi, mon fils, où as-tu été ce matin, et
qu'as-tu fait?

Hector. Cher père, j'avais entendu hier la mère Maurice, étant seule, gémir et dire tout haut : « Hélas ! il me manque deux francs pour payer notre boulanger : il me donnera difficilement encore du pain à crédit ; comment faire !... » Alors, il me semble qu'elle a pleuré ; et, ce matin à mon réveil, j'ai couru lui porter ma pièce de deux francs sans en rien dire à personne, afin de la tirer de peine.

M. Prudent. C'est ainsi que me l'a raconté Baptiste, à qui j'avais dit de te suivre. Mon fils, tu as bien agi ; le bon Dieu te bénira ! En attendant, reçois la bénédiction de ton père dans un baiser. (*Ils s'embrassent*).

Delphin. Celui qui sème du vent récolte des tempêtes, celui qui pratique la charité sème des fleurs immortelles.

SCÈNE XIII.

Une foule d'écoliers se rendant en classe font irruption dans l'avant-cour de monsieur Prudent et chantent.

(AIR : *Le digne instituteur. Progrès* 1862, *page* 377.

I

2me VOIX.	Remplis de zèle allons en classe Et devenons toujours meilleurs.
1re VOIX.	Pour être aimés suivons la trace De deux bons fils, de deux bons cœurs.
DUO.	La piété toujours maissonne Les douces fleurs, les jeux, les ris.
CHOEUR.	Aux bons la joie et la couronne, Mais aux méchants honte et mépris.

II

2me VOIX.	Hector est doux et charitable, Joseph le paie en amitié.
1re VOIX.	Lucas, là bas, est intraitable, De son malheur nul n'a pitié.
DUO.	Le monde ainsi chaque jour donne Au bien, au mal un juste prix.
CHOEUR.	Aux bons la joie et la couronne, Mais aux méchants honte et mépris.

FIN.

Médor.

Médor était un chien de berger, qui s'ennuyait de vivre pauvrement à la campagne et de surveiller sans cesse le troupeau.

Il est vrai que le berger l'aimait comme un ami, que l'homme et le chien passaient leur vie en bonne intelligence, qu'ils mangeaient le même pain et dormaient sur la même paille, quand les troupeaux se trouvaient dans les champs ; mais Médor avait entendu dire qu'à la ville les meubles sont brillants, les mets délicats, les maisons hautes et bien construites, et que les chiens y sont nourris et logés comme des princes. Là-dessus, Médor s'était dégoûté de la vie humble mais heureuse qu'il avait menée jusque là, et, dévoré de l'envie de jouir de tous les plaisirs et de tous les biens qu'on lui avait vantés, il prit un beau jour la fuite et se dirigea vers la ville prochaine.

Il entra dans le premier bel hôtel qu'il trouva ouvert sur sa route, et, par ses cajoleries, par ses caresses et surtout son air courageux et fidèle, il se vit accueilli dans ce magnifique séjour. Mais, hélas ! il ne fut pas plus tôt admis parmi les habitants de la maison, qu'on lui serra le cou dans un collier et qu'on l'enchaîna. Sa niche était richement peinte et bien construite, mais il n'y pouvait faire un pas, et les bâtiments voisins ne lui permettaient de voir qu'un tout petit coin du ciel.

Médor pleura beaucoup son imprudence, mais son malheur était irréparable ; il passa le reste de sa vie à gémir sur sa chaîne, et la tristesse le conduisit bientôt à la mort.

Jeunes gens de la campagne, gardez-vous d'écouter les voix séductrices qui vous appellent à la ville ; rien ne peut valoir pour vous les délices du foyer paternel. Sous les faux brillants de la richesse, la misère habite souvent la cité, tandis que l'abondance règne à la campagne sous l'aspect de la pauvreté.

Jeunes gens, c'est par amour pour vous que je vous le dis ; mais la santé, le bonheur, l'amitié, l'innocence et le devoir, tout vous conseille de ne point fuir l'humble toit du village où vous avez reçu le jour.

> Médor, chien de berger, fuit sa pauvre demeure
> Pour habiter en ville un magnifique hôtel ;
> Il n'est pas là d'un jour, que sur sa chaîne il pleure !...
> Enfant, ne quittez pas l'humble toit paternel.

(*) Extrait du Lingot d'or, recueil de 355 morceaux, anecdotes, fables, contes ; ouvrage dédié à la jeunesse des écoles, par Th. Rimbaut. 1 vol. gr. in-18, 320 pag.

LES SAISONS.

PERSONNAGES.

L'Année

Le Printemps.

L'Été.

L'Automne.

L'Hiver.

Les douze Mois, dansant la ronde.

LES SAISONS.

DIALOGUE ET RONDE POUR LES ENFANTS.

SCÈNE PREMIÈRE.

GASPARD, *l'automne;* HENRI, *le printemps;* JOSEPH, *l'été;* HECTOR, *l'hiver.*

Henri. Bonjour, Joseph ! Nous allons jouer à un jeu bien amusant !... On m'a couronné de fleurs, et vous m'en voyez tout couvert pour figurer le Printemps.

Joseph. Moi, je suis couronné d'épis, de fleurs des blés et de feuillages, pour représenter l'Été.

Hector. Ma bonne mère m'a vêtu d'une fourrure et m'a coiffé d'un bonnet russe, pour représenter l'Hiver.

Gaspard. Et moi, ma couronne n'est-elle pas jolie ? Elle est tressée de feuilles de vigne, on y a mis des raisins, et le bord de ma tunique est garni d'une fraîche guirlande de pampre vert. Tout cela fait voir que je suis l'Automne.

Joseph. Donnons-nous la main et dansons.

Tous. Oui, dansons, dansons !

PETITE RONDE.

Vivent les fleurs et les épis,
Et les raisins et la veillée !
Vivent les jeux sous la feuillée,
La prairie et son vert tapis !
Gloire au printemps sur notre terre !
Gloire au printemps qui règne au ciel !...
Ici, la fleur est éphémère ;
Là, le printemps est éternel !

Hector. Arrêtons-nous pour reprendre haleine !

Gaspard. Voulez-vous un verre de vin pour vous réchauffer ?

***

Hector. Merci, je n'ai pas froid !...

Joseph. Donne-moi plutôt de l'ombre pour me rafraîchir...

Henri. Et beaucoup de fleurs à respirer.

Hector. Oh oh !... Voici grand'papa l'Année, qui fait mourir tout le monde et que le bon Dieu n'a pas encore enfermé dans le tombeau de l'éternité !...

SCÈNE II.

L'ANNÉE, LES SAISONS.

(L'Année entre, s'appuyant sur une canne ; elle porte barbe grise, perruque blanche, long bonnet pointu, garni du soleil et de la lune, robe traînante, à demi-noire constellée d'étoiles, à demi-azurée, bordée de franges d'or.)

Henri. Papa l'Année, nous allons danser autour de vous !

L'Année. Un instant, que je m'asseie. C'est que je suis vieux ! J'ai déjà reparu six mille fois sur la terre, et je ne sais plus trop me tenir debout.

Hector. Voulez-vous que j'aille vous chercher des fagots pour vous servir de siége ?

L'Année. N'avez-vous qu'un pareil siége à m'offrir ?

Henri. Je vais vous en chercher un de mousse et de fleurs.

L'Année. Au moins celui-là ne blessera-t-il pas mes vieux os.

Gaspard. Je vais vous chercher un verre de bon vieux vin !

Joseph. Et moi, une tranche du gâteau des moissonneurs.

Hector. Tandis que vous prendrez des forces et du repos, nous danserons autour de vous.

L'Année. Je vous trouve bien pressés de tourbillonner ainsi autour de votre grand-père.

Hector. C'est notre unique et continuelle occupation ; nous ne pouvons arrêter un seul instant.

Gaspard. Voilà le vin.

Joseph. Voilà le gâteau.

Henri. Voilà le fauteuil de mousse et de fleurs.

L'Année. Merci, merci !...

Henri. Maintenant, dansons la ronde !

L'Année. Un instant, un instant ; ne pouvons-nous causer un peu ?...

Hector. Babillons !... (*Il s'assied, les autres font de même, et le printemps tresse une couronne*).

L'Année. Que faites-vous durant les trois mois de votre existence, monsieur l'Hiver ?

Hector. Moi, je bats le grain, je prépare le tabac, je teille le lin, je file, je tresse la toile, je fabrique des cordes, je tricote, je visite mes champs pour écouler les eaux, je conduis les ruisseaux sur mes prairies, je fume les terres, je laboure, je sème et je plante.

L'Année. Ne vous contentez-vous pas de vous chauffer ?

Hector. Non, non, je ne suis pas un paresseux !...

L'Année. Et pour adoucir vos rigueurs, n'avez-vous pas de belles fêtes ?

Hector. Oui, oui, la Noël, le jour de l'an, la fête des Rois, et la Chandeleur.

L'Année. Ce sont vraiment de doux moments au milieu des frimas, et l'hiver est bien heureux pour ceux qui font la charité. Allez chercher vos trois mois, Janvier, Février, et Mars, pour danser autour de moi ; vous serez plus à l'aise à faire un grand cercle, et moi je ne courrai pas risque d'être culbuté.

Hector. C'est une bonne idée, j'y cours !

L'Année. Et vous, monsieur le Printemps, vous devez avoir bien du plaisir à vivre parmi les fleurs ?

Henri. Oui, mais je ne me contente pas de jouer, je travaille aussi beaucoup.

L'Année. N'avez-vous pas crainte de gâter vos mains si jeunes et si délicates ?

Henri. Mes mains ne sont ni plus jeunes ni plus vieilles que celles de mes trois frères.

L'Année. Il est vrai, vous êtes comme des papillons toujours jolis, vous vivez tour à tour trois mois, puis, après une courte disparition, vous ressuscitez pour recommencer une ronde nouvelle.

Henri. Et pour déposer en passant une couronne de fleurs sur la tête de l'Année. (*Il lui pose au-dessus du chapeau la couronne de fleurs qu'il vient de tresser*).

L'Année. À quels autres soins peux-tu t'occuper ?

Henri. J'arrache les mauvaises herbes, je soigne les semailles, je dispose le jardin, je taille les arbres, je les écussonne, et j'arrose les plantes quand il le faut.

L'Année. Ne te contentes-tu pas de tresser des guirlandes, des couronnes et de composer des bouquets ?

Henri. Ces soins sont agréables sans doute, et j'ai des corbeilles pleines de toutes les plus aimables fleurs du parterre ; mais, comme il ne suffit pas d'avoir des fleurs pour vivre, je travaille à me préparer de riches moissons.

L'Année. J'admire votre courage autant que votre prévoyance et vos charmes aimables. Dois-je admirer aussi vos fêtes privilégiées ?

Henri. Sans doute. Ce sont les plus belles : la Pâque, l'Ascension, la Pentecôte, la Fête-Dieu, les belles processions, enfin le Mois de Marie.

L'Année. Que vous êtes aimable !... Allez chercher vos trois mois jolis, Avril, Mai et Juin ; vous brillerez comme des fleurs dans la ronde autour de moi.

Henri. J'y vole comme un papillon. (*Il sort*).

L'année. Eh quoi, mon brillant Été, vous voilà en manches de chemise !...

Joseph. Je suis la saison des chaleurs .... Je fonds parfois au soleil quand le travail est rude.

L'Année. Que ne vous tenez-vous à l'ombre ?

Joseph. Pensez-vous qu'on fasse la moisson sous un parapluie ? On ferait beaucoup d'ouvrage !...

L'Année. En travaillant la nuit, on éviterait les coups de soleil.

Joseph. C'est ce qu'on fait quand le ciel n'est pas trop noir ; mais ce n'est pas assez, il faut surtout travailler tout le jour.

L'Année. Et que fait l'Été ?

Joseph. Il cueille le lin, le met en chêne, coupe les colzas, les bat, fauche le seigle, l'orge, le froment, l'avoine, et les met à la grange. L'Été c'est le trésorier de l'année !

L'Année. Vous dites vrai. S'il durait toujours, on serait trop riche ! Et combien dure-t-il ?

Joseph. Depuis le 21 juillet jusqu'au 21 septembre.

L'Année. Mais n'a-t-on pas quelques jours de relâche ?

Joseph. Tous les dimanches, les jours de kermesse, et le beau jour de l'Assomption de la Sainte-Vierge, le 15 du mois d'août.

L'Année. Tout cela vous procure d'agréables instants.

Joseph. Le travail serait lui-même un grand plaisir, s'il ne faisait pas si chaud.

L'Année. Vous parlez d'or !... Allez maintenant chercher vos trois mois brûlants, Juillet, Août, Septembre. Vous les viendrez rafraîchir à l'ombre de ces arbres.

Joseph. Volontiers !

L'Année. Venez enfin, généreux Automne ; vous passez après les autres, mais c'est la fin qui couronne l'œuvre. Quelle couronne portez-vous là ?

Gaspard. Une couronne de pampre. Je cueille le raisin, je le foule dans le pressoir, et je verse aux mortels le vin généreux qui réjouit leurs cœurs et leur donne de la force.

F. L'Année. Aussi, tout le monde vous aime ; mais, ne dormez-vous pas trop après avoir bu copieusement le vin nouveau ?

Gaspard. Je n'ai garde !... Il faut cueillir tous les fruits , labourer la terre, y conduire l'engrais, et déposer la semence de la moisson à venir.

L'année. Vous n'êtes pas moins courageux que vos trois frères, et je me doute que comme eux vous entremêlez les jours de fêtes et de repos aux jours de labeurs et de peines.

Gaspard. Sans doute !... Nous célébrons la fête de tous les Saints et le jour des Ames, au moment des feuilles mortes, le premier et le deux novembre ; puis il y a la Sainte-Catherine pour les jeunes filles, et la Saint-Nicolas pour les jeunes gens.

L'Année. Tout cela me réjouit pour vous, car je suis bon père, et je mets mon bonheur à voir mes enfants heureux. Que la vie vous soit longue !...

Gaspard. Rien ne peut ni l'allonger ni la raccourcir ; c'est toujours depuis le 21 septembre jusqu'au 21 décembre.

L'Année. C'est assez pour votre bonheur. Allez chercher vos trois mois, Octobre, Novembre et Décembre, et revenez avec toute la famille.

Gaspard. Je reviens sur-le-champ. (*sortie*).

SCÈNE III.

L'ANNÉE. — LES SAISONS. — LES MOIS.

Chaque saison ramène ses trois mois qui se tiennent par la main, et dont les deux des extrémités lui prennent l'un la main droite, l'autre la main gauche, sans qu'aucun des seize marche à reculons.

Tous. Nous voici, nous voici !

L'Année. Rangez-vous, et dansez. (*Chaque saison se place entre deux groupes de trois mois, et tous chantent en dansant.*)

RONDE.

CHŒUR.   Les douze mois font sans cesse
Un grand cercle autour de l'an ;
Les saisons, dans la liesse,
Mènent la ronde en chantant.

I

JANVIER.   Je suis le mois des étrennes,
Des Rois Mages, des gâteaux.
Mes amis ont les mains pleines
De bonbons et de cadeaux !

FÉVRIER.   Il tombe encor de la neige,
Les frimas sont rigoureux ·
Prions le ciel qu'il protége
Les ouvriers malheureux !

MARS.   L'orphelin, dans la souffrance,
Appelle un plus doux soleil ;
Mais saint Grégoire, à l'enfance,
Donne un sourire vermeil !...

RONDE.

TOUS.   Les douze mois font sans cesse
Un grand cercle autour de l'an ;
Les saisons, dans la liesse,
Mènent la ronde en chantant !...

II

AVRIL.   A reprendre sa parure
L'arbrisseau s'est apprêté ;
Tout revit dans la nature :
Jésus est ressuscité !

MAI.   J'ai des fleurs pour les abeilles,
Toutes pleines d'un doux miel ;
J'ai des fleurs plein des corbeilles,
Pour Marie et pour le ciel.

JUIN.   Les parfums de la prairie
Embaument le mois de juin ;
Dans la campagne fleurie
Jésus bénit notre soin !

RONDE.

TOUS.

Les douze mois font sans cesse
Un grand cercle autour de l'an ;
Les saisons, dans la liesse,
Mènent la ronde en chantant.

III

JUILLET.

Les moissonneurs en campagne
Dès l'aurore vont chantant ;
Le plaisir les accompagne,
Et tout le monde est content.

AOUT.

Après les lins et les graines,
On moissonne les blés d'or ;
On compte bien peu les peines
Quand on ramasse un trésor.

SEPTEMBRE.

Voici le mois des vacances,
Des couronnes et des prix ;
L'enfant a des récompenses
Et le jardinier des fruits.

RONDE.

TOUS.

Les douze mois font sans cesse
Un grand cercle autour de l'an ;
Les saisons, dans la liesse,
Mènent la ronde en chantant.

IV

OCTOBRE.

Tout est mûr, les bons vins coulent
A grands flots dans le pressoir ;
Dans les prés partout se roulent
Les troupeaux jusques au soir.

NOVEMBRE.

Le laboureur jette en terre
Des grains qui multiplieront ;
Semons aux cieux la prière,
Les âmes y monteront.

DÉCEMBRE.

Le ciel couronne l'année,
L'ange au ciel chante Jésus.
La joie au monde est donnée
Dans le maître des vertus.

RONDE.

Tous.   Les douze mois font sans cesse
             Un grand cercle autour de l'an ;
             Les saisons, dans la liesse,
             Mènent la ronde en chantant.

FIN.

MONSIEUR TONNE-DE-BIÈRE.

PERSONNAGES.

Camille,
Fidèle,
Jules,
Victor,
Ernest,
Charles, } élèves du pensionnat.
Léon,
Alfred,
Emile,
Adolphe,

Monsieur Tonne-de-Bière, ivrogne.

ÉPITRE DÉDICATOIRE.

A TOUS MES BONS AMIS DE MARQUAIN.

Depuis un grand nombre d'années nous vivons ensemble, et ma cons-cience me dit que j'ai tout fait pour bien remplir mes devoirs d'institu-teur de la jeunesse; en même temps, votre amitié m'est un témoignage que je n'ai pas travaillé sans récolter la plus douce des moissons. J'ai la confiance que nous resterons encore longtemps unis comme nous som-mes, et que mes soins pour vos enfants continueront à porter des fruits. Vous savez que partout, et jusque dans leurs jeux, je cherche à les for-mer en les instruisant; c'est pour atteindre ce but, que, l'an dernier, j'ai fait déclamer *Tonne-de-Bière*, qui vous a tant fait rire. Aujourd'hui je vous prie d'agréer cette dédicace comme une marque d'amitié, et de me permettre une parole sérieuse auprès d'un souvenir bouffon. Nous avons à nous féliciter de nos soins envers l'enfance, mais ce n'est pas encore assez; il faut songer surtout à préserver la jeunesse de toute corruption. Cela est difficile, sans doute ; mais une bonne parole des fermiers à leurs subordonnés, les conseils prudents des hommes plus instruits à ceux qui le sont moins, et par-dessus tout le bon exemple, peuvent avoir la plus heureuse influence. Enfin, les chefs de famille doivent chercher davantage à inspirer le respect et une crainte salutaire à leurs enfants, dès l'âge le plus tendre, afin de conserver leur empire sur eux quand il faudra les empêcher de fréquenter le cabaret et trop tôt et trop tard.

Il y a, dans tous les hameaux, des *Tonne-de-Bière*; mais la générali-té du mal ne dispense pas une commune de l'obligation d'en diminuer le nombre. Il serait même glorieux , pour un village, de marcher , sur ce point, en avant du progrès, et d'arriver le premier à ne plus avoir un seul ivrogne. Ce n'est pas assez qu'à Marquain on ait rarement des querelles à porter devant les tribunaux ; il faudrait encore que nous pussions dire : « Nous comptons moins d'ivrognes que dans toutes les autres communes. »

J'ai la confiance que nous en arriverons là, et c'est alors que nous aurons doublement à nous réjouir des soins de notre amitié mutuelle.

Th. RIMBAUT.

ANALYSE.

Les élèves du pensionnat, en se rendant en classe pour la distribution des prix, ont rencontré Monsieur Tonne-de-Bière qui prétendait y aller aussi ; ils accourent en avertir le Directeur ; mais ils arrivent trop tard, car l'intrus se faufile dans la salle avec la foule aussitôt que la porte de l'établissement est ouverte pour le public. A cause de cet incident, les élèves, en attendant la cérémonie, ont une longue conversation au sujet des ivrognes. Monsieur Tonne-de-Bière se met de la partie ; il trouble l'ordre, s'élance après les élèves, en renverse quelques-uns en faisant lui-même la culbute, arrive sur l'estrade d'où tous les enfants ont fui, hormis un seul qui lui tient tête. Là, tandis que les élèves appellent au secours, que l'officier de police appelle la garde, que les petits pleurent, que les grands rient, que les femmes tremblent, monsieur Tonne-de-Bière ôte sa barbe, son chapeau, sa blouse en lambeaux, et se fait reconnaître pour un ami de la maison en chantant de joyeux couplets, que tous les enfants reviennent chanter avec lui, et qui confirment tout ce qu'on a dit de l'ivrognerie et des ivrognes.

M. TONNE-DE-BIÈRE.

DIALOGUE BOUFFON SUR L'IVROGNERIE.

(La scène se passe sur le théâtre de la distribution des prix).

SCÈNE PREMIÈRE.

CAMILLE, FIDÈLE, JULES, VICTOR, ERNEST.

Camille (entrant avec Fidèle, Jules et Victor). Ce serait quelque chose de joli, si pareil ivrogne s'introduisait dans l'assemblée pendant la solennité.

Fidèle. Oh ! il ne pourrait pas entrer ! Les gardes qui sont à la porte le mettraient bien vite dehors !

Jules. Les gardes ne font pas toujours attention : ils le laisseraient bien passer.

Victor. Bah ! je le crois bien ; ils sont du même goût que lui.

Fidèle. C'est la vérité, je parie qu'ils vont le laisser pénétrer dans la salle, ce compagnon de leurs bambuches !

Camille. Monsieur l'Instituteur serait d'une humeur à tout manquer, si pareille algarade arrivait ! Vous verriez comme il crierait : « Allons, sortez vite ! Les ivrognes hors de la salle aux prix !... *(On rit).*

Tonne-de-Bière (arrivant dans l'assemblée). Quos qui rittent tertout ainsin, dé eusses, su l'théâte ?

SCÈNE II.

LES MÊMES, TOUTE LA TROUPE.

Henri. Qu'est-ce donc qui vous fait rire de la sorte ?

Fidèle. C'est que nous avons rencontré sur la route le fameux Tonne-de-Bière, et qu'il nous a crié : Ah ! vous allez à la distribution des prix ? J'y vais tout comme vous autres !

Charles. Il était sans doute endimanché, tout frais comme sortant d'une boîte?

Ernest. Oui, tout frais, avec ses habits débraillés, son chapeau aplati, son œil poché, et marchant droit comme un danseur de corde sans balancier. Il a probablement passé la nuit dans un cabaret ou sur la crête d'un fossé.

Léon. C'est un malheureux!... Il aura bu en un jour tout ce qu'il avait gagné en une semaine, laissant dans le dénuement sa femme et ses enfants qui pleurent de faim tandis qu'il boit comme un trou. Pourceau, va !

M. Tonne-de-Bière (dans l'assemblée). In joli petite compliment à m'na-dresse.

Emile. C'est une abomination de tenir une conduite pareille ! Laisser là gémir toute sa famille et jeter l'argent qui la ferait vivre, c'est un crime plus grand que celui d'un voleur.

M. Tonne-de-Bière! OH ! EH LES PETITS AGNEAUX !...

Alfred. C'est véritablement un voleur, celui qui dépense à boire l'argent qu'il a gagné ! Il vole le pain de sa femme et de ses enfants ; il boit leurs larmes, et s'engraisse de leur propre chair.

Emile. On voit quelquefois les petits gamins courir derrière un ivrogne, rire de ses grossièretés, danser autour de lui ; c'est très-mal de leur part ! Celui qui suit un ivrogne pour s'amuser, devrait suivre tous les pourceaux qui passent, pour leur faire un égal honneur.

M. Tonne-de-Bière. Douchmint, l'infant !

Ernest. Oh ! moi, j'ai déjà eu bien du plaisir à suivre les ivrognes. L'autre jour, j'ai suivi un marchand de vieux chapeaux qui chantait, dansait et trébuchait le plus gaîment du monde ; nous étions plus de vingt à rire de lui. Tout à coup il s'est mis en colère, et, voulant nous chasser, il a jeté tous ses vieux chapeaux après nous. Nous les avons ramassés, nous nous en sommes coiffés, il est entré en fureur, et quand il s'avançait contre quelqu'un de la bande, on lui rejetait le chapeau tout enfoncé tout boursouflé, tout aplati ; une minute après, il nous le rejetait de nouveau...

Adolphe. Je l'ai vu aussi, j'étais du nombre. Ah ! comme nous avons ri ! Comme il était drôle !

M. Tonne-de-Bière. A la bonne heure ! C'ti-là, c'est m'namisse !

Victor. Comment l'histoire a-t-elle fini ?

Adolphe. Le garde-champêtre est arrivé, et il nous a fait rendre les chapeaux ; mais cela n'a pas empêché que nous ne nous fussions bien amusés une heure au moins !

Henri. Ce marchand de chapeaux, n'était-ce pas un grand brun ?

Ernest. Oui.

Adolphe. C'est cela.

Henri. Je le connais !... Eh bien, tous ces chapeaux lui étaient confiés pour être arrangés...

Adolphe. C'est cela, il les a arrangés parfaitement. C'était une vraie marmelade de chapeaux. Ils valaient encore bien deux sous pièce.

Fidèle. Je suis sûr qu'il a perdu bien de l'argent à ce jeu-là.

Henri. Certainement ! C'est un homme qui possédait quelque bien ; mais il a fait passer par son gosier tout l'argent de sa femme, et maintenant il perd sa clientèle, il n'a plus rien ; il devient de jour en jour plus misérable, lui et sa famille.

Jules. Tous les ivrognes suivent la même route.

Charles. On peut être sûr qu'il finira mal sa vie !... Quelque jour, il boira son dernier gain, s'endormira sur la route, et le lendemain quand il s'éveillera, il sera mort gelé.

M. Tonne-de-Bière. Et ti, t'es déjà quervé, pasqué te dis des bêtises et te rêves tout éveillé.

Emile. Tonne-de-Bière, finira de cette manière !

M. Tonne-de-Bière. Oh ! Ptit crapaud !...

Adolphe. Tant pis pour Tonne-de-Bière !

Léon. C'est dommage que M. Tonne-de-Bière soit de ce caractère-là : c'est un bon enfant, un habile ouvrier quand il n'est pas en ribotte ; toujours prêt à rendre service, rieur et plaisant, racontant et chantant les choses les plus gaies du monde.

M. Tonne-de-Bière. Vous avez bien causé, vous !

Alfred. Il fait semblant d'être gai, mais il ne l'est pas ; quand on a mis sa femme et ses enfants dans la misère et dans les larmes par sa débauche, on ne saurait être gai de sang-froid.

Léon. Vous pensez donc qu'il fait semblant de l'être, mais qu'il ne l'est pas ?

Alfred. Sans doute. Il ne saurait l'être : ses affaires vont mal à cause de son ivrognerie ; il en a sans cesse l'esprit occupé quand il jouit de sa raison, et alors, pour chasser ses ennuis, il se remet à boire et à s'enivrer de plus belle.

M. Tonne-de-Bière. Oh ! les mauvaises langues !...

Camille. Il y a là dans l'assemblée quelqu'un qui crie de temps en temps tout haut et qui fait rire le monde....

Charles. C'est peut-être un homme qui a trop bien dîné; les gens ivres font toujours rire. Mais on a tort de les écouter; si on leur tournait le dos, cela leur servirait de leçon.

Fidèle. On ferait tout aussi bien de rire d'un pourceau quand il a grogné, que d'un ivrogne quand il a parlé.

Jules. Ce sont deux pourceaux qui se donnent la main.

Adolphe. Ou la patte... Je voudrais bien les voir se donnant cette marque d'amitié.

M. Tonne-de-Bière. Tas de crapauds !

Léon. Les ivrognes sont vraiment si plaisants, que, malgré tout ce que vous dites, on ne peut s'empêcher de rire à les écouter !

Ernest. C'est vrai ! Quel mal y a-t-il d'entendre les ivrognes dire des sottises? Moi quand j'entends Bassette, j'ai vraiment du plaisir !

M. Tonne-de-Bière. Bassette ch'est m'camarade.

Adolphe. Bassette est vraiment drôle, quand il a bu !

Camille. Taisez-vous, Ernest, taisez-vous, Adolphe, vous ne songez pas à ce que vous dites ! Tous les ivrognes profèrent de mauvaises paroles, et c'est offenser Dieu que de les écouter.

M. Tonne-de-Bière. Ils prêchent comme monsieur le curé, à c'tte heure !

Léon. On dit que Tonne-de-Bière ne parle jamais mal quand il a bu !

Camille. C'est impossible. Celui qui a dégradé son âme et qui s'est ravalé au rang de la brute à force de se gorger de boissons ne peut conserver une bouche pure.

M. Tonne-de-Bière. Brute vous-même !

Alfred. Oui, vous dites bien, Camille, car il est arrivé que des ivrognes sont entrés dans l'église et y ont troublé l'office divin, en insultant le Dieu qui les fait vivre et qui pouvait les foudroyer. Les brutes ne sont point si abominables que les ivrognes !

M. Tonne-de-Bière. Volez vo taire, vous autres, à la fin?

Tous. Mon Dieu, c'est Tonne-de-Bière lui-même. Fi ! l'ivrogne !

M. Tonne-de-Bière. A l'fin des fins vo m'imbétez. Enne minute, j'va vo flanquer del' trique ! Layemm'aller, vous-autes, en' mé t' nez point : j'm'en va leu zy bailler enne rivolée d'un diape ! Gare à eusse !

Henri. Le voilà ! sauvons-nous !...

Tous. Sauvons-nous ! sauvons-nous!

Camille. Poltrons ! Faut-il avoir peur de lui ? il ne tient pas sur ses jambes !... Moi, je ne bouge pas !

M. Tonne-de-Bière. Oh ! qu'i d'aront tertoutes !... des giffes, des taloches et des co d'baton !

Camille. Je n'ai pas peur de lui !

Henri (revenant). (A Tonne-de-Bière). Je vais avertir monsieur l'Instituteur ! Tenez-vous tranquille, ou on va vous mettre en prison !

M. Tonne-de-Bière. Te pinses que j'ai peur de monsieur l'Instituteur ? Il n'a qu'à venir, il saura pour combien !

Henri (dans la coulisse). Monsieur l'Instituteur ! Vite, au secours !

Tous (dans la coulisse). Au secours ! Au secours !

M. L'Instituteur (dans la coulisse). J'arrive, n'ayez pas peur.

Henri (revenant). Ni moi non plus !

M. Tonne-de-Bière. (Au public). Mille démons ! volez m'layer passer ?

Camille. Ivrogne ! Pourceau ! Sac à bière !

M. Tonne-de-Bière (après avoir culbuté sur le théâtre). Taisez-vous, u bé j'vo rue m'bâton à l'tiette !

Camille. Vous êtes un grossier animal, je ne me tairai pas ! Si les gardes-champêtres avaient autant de cœur que moi, vous sauteriez par la fenêtre, fainéant !...

M. TONNE-DE-BIÈRE.

Mon cher enfant, vous avez bien raison :
Je ne suis pas Tonne-de-Bière...

(Il ôte sa barbe postiche).

Tous (revenant). Eh ! c'est notre ami Charles ! C'est notre ami Charles !...

M. TONNE-DE-BIÈRE *(recommençant).*

Mes chers enfants, vous avez bien raison :
Je ne suis pas Tonne-de-Bière ;
Je suis ici l'ami de la maison,
C'est rire que j'ai voulu faire.
Je vois que vous avez du cœur,
Et qu'un pourceau vaut pour vous un buveur.
Fuyez, fuyez pareille horreur,
L'ivrogne est frère du malheur.

TOUS.

Fuyons, fuyons pareille horreur,
L'ivrogne est frère du malheur.

2.

Quand vous voyez un ivrogne passer,
Gardez-vous de crier, de rire,
Il est d'humeur, sans doute, à vous casser
Les bras, dans son affreux délire !
Souvent l'ivrogne entre en fureur,
Pour un seul mot lancé par un moqueur.
Fuyez, fuyez sa noire humeur,
L'ivrogne est frère du malheur.

3.

L'ivrogne va vers la mendicité,
Souvent il finit par l'abîme.
Sur l'échafaud plus d'un buveur monté
Dans l'ivresse a commis son crime.
Victime d'un plaisir trompeur,
Trop tard, hélas, il maudit sa fureur.
Fuyez, fuyez pareille horreur,
L'ivrogne est frère du malheur !

4.

Le sot, troublé par un pâle chagrin,
Se console, dit-il, à boire :
Amis, c'est là le plus commun refrain
Des cœurs sans courage ni gloire.
A boire, on double son malheur,
Et l'on aigrit bien souvent sa douleur.
Fuyez, fuyez pareille horreur,
L'ivrogne est frère du malheur.

FIN.

Tournai, typ. de H. Casterman.

OEUVRES DRAMATIQUES DE Th. RIMBAUT.

Sa Majesté le roi des Belges a daigné agréer la dédicace des OEuvres dramatiques-classiques de M. RIMBAUT, instituteur à Marquain.

1re SÉRIE. — POUR LES JEUNES GENS.

Aveugle (l') drame en 5 actes, en vers; 12 personnages.

Chasse (la) au sorcier, comédie en 3 actes, en prose; 12 personnages.

Deux piger (les), comédie en 3 actes, en vers; 15 personnages.

Education (l') au village, comédie-vaudeville en 3 actes, en prose; 8 personnages.

Fermier (le) communiste, comédie en 3 actes, en vers; 10 personnages.

Enfant désobéissant (l'), comédie en 1 acte, en prose; 11 personnages.

Politesse (la) en action, drame en 3 actes, en vers; 11 personnages.

Une heure de récréation au pensionnat, comédie en un acte, en prose, mêlée de chant; 11 personnages.

Couronne (la) de joie, plaidoyer dramatique, suivi de **Jésus et les enfants,** cantate.

Le méchant espiègle, épisode du retour de Crimée, comédie en 3 actes, en prose; 11 personnages.

Jean de la Fontaine, comédie en 2 actes et en prose; 7 personnages.

2me SÉRIE. — POUR LES JEUNES PERSONNES.

Ecole (l') de la piété filiale, drame en 3 actes, en vers; 8 personnages.

Deux couronnes (les), drame en 2 actes.

Menteuse (la), comédie-vaudeville en un acte; 14 personnages.

Education (l') des demoiselles, conversation, 7 personnages; suivie de **Cantates** pour fêtes et distributions de prix.

Portrait (le) et la caricature ou les deux éducations, comé-

die-vaudeville en un acte, en vers libres; 8 personnages.

Enfants (les) détrompés à leur entrée dans le monde, dialogué en vers; 6 personnages.

Les bavardes punies, petite comédie en 1 acte, en prose, 10 personn., suivie de la **fille de Jephté.**

Madame de Maintenon, comédie en 2 actes, en prose; 12 personnages.

Le style épistolaire ou le prix de vertu, comédie didactique.

3me SÉRIE.

André Vésale, comédie en 2 actes et en prose; 12 personnages.

Le style épistolaire ou les bons soldats, comédie didactique en 1 acte; 10 personnages.

Giroflée (la), petit drame en 1 acte; 8 personnages.

Grétry, comédie en deux actes; 13 personnages.

Rubens, comédie en 1 acte; 15 personnages.

DIALOGUES.

La petite foire. Dialogue sur le système métrique.

L'analyse en action. Dialogue sur l'analyse.

A laver un nègre on perd son savon. Dialogue sur la grammaire.

Le nouveau Valentin Duval. Dialogue sur la géographie.

Une partie au jeu d'histoire sainte. (Dialogue.)

LE LINGOT D'OR. Anecdotes, fables, contes, suivis de quatrains qui le résument et formant un **COURS DE MORALE CHRÉTIENNE**; dédié à la jeunesse des écoles. Gr. in-18, viii-316 p.

En cours de publication dans le Journal de l'enseignement primaire et dans le Progrès:

1° **Etudes pédagogiques et littéraires,** 150 p., in-8.

2° **Une leçon d'histoire** pour chaque règle de la grammaire.

3° **Dessin linéaire,** publié dans le Messager des écoles.

4° **De nombreux morceaux de musique vocale,** chansons, romances, chœurs.